LOS OJOS DEL HERMANO ETERNO

STEFAN ZWEIG

PLAZA
EDITORIAL

Título: Los ojos del hermano eterno
Autor: Stefan Sweig
Editorial: Plaza Editorial, Inc.
email: plazaeditorial@email.com
© Plaza Editorial, Inc.

ISBN-13: 978-1482074109
ISBN-10: 1482074109

www.plazaeditorial.com
Made in USA, 2013

ÍNDICE

Capítulo I ...9

Capítulo II ...24

Capítulo III ...35

Capítulo IV ...37

Capítulo V ...44

Capítulo VI ...53

Capítulo VII ...61

Capítulo VIII ...67

Capítulo IX ...74

Capítulo X ...84

Capítulo XI ...89

La omisión de los hechos no nos libera
de la acción.
Ni por un solo momento nos quedamos
libres de obrar:
Bhagavad-gita, (Canto tercero)

¿Qué es la acción?
¿Qué es la no acción?
Estas interrogantes son las que turban
con frecuencia a los sabios.
Hay que poner toda la atención para obrar.
Hay que poner toda la atención para no obrar.
Hay que estar atentos, porque en lo más profundo
de la no acción puede estar también
la esencia del acto.
Bhagavad-gita, (Capítulo cuarto)

Capítulo I

Muchos años antes de que el sublime Buda viviese sobre la Tierra difundiendo la sabiduría entre sus discípulos, vivía en la comarca de Birwag, regida por el rey Rajouta, un noble llamado Virata, pero conocido por todos con el sobrenombre de *El Rayo de la Espada*. Era el más atrevido de todos los guerreros y un cazador cuyas flechas no fallaban nunca. Su lanza no había permanecido jamás ociosa, y, cuando sus brazos levantaban la espada, se oía zumbar la hoja como un trueno en la tempestad.

Virata tenía la frente despejada, sus ojos serenos miraban con tranquila firmeza a los hombres, sus poderosos puños no se cerraban jamás con injusta violencia y nunca su voz vibró estremecida por la ira.

Servía como un fiel vasallo a su rey y sus esclavos le servían con temeroso respeto, considerándole como al hombre más justo de todos los hombres que habitaban entre las cinco corrientes del río.

Aconteció que un día cayó sobre el rey a quien servía Virata una gran desgracia. El cuñado del soberano, que gobernaba como administrador la mitad del Imperio, ambicionaba apoderarse del trono y con este propósito había ido seduciendo a los mejores guerreros del rey, haciéndoles ricos presentes. Su elocuencia había conseguido atraerse a los sacerdotes encargados de la custodia de las sagradas garzas reales, símbolo del poderío del monarca, enseña milenaria de la raza de los Birwager. Una vez en poder de las sagradas garzas y de los grandes elefantes, reunió a los guerreros, a todos los descontentos de las montañas y, formando con ellos un gran ejército, se dispuso a marchar contra la capital.

Enterado el rey Rajouta de los traidores propósitos del hermano de su mujer, llamó a sus hombres a la guerra. Desde la aurora hasta la puesta del Sol resonaban por todas partes los grandes címbalos de cobre y los blancos cuernos de marfil. Por las noches ardían las hogueras en las altas torres de la ciudad, arrojando sobre las humildes chozas de los pescadores del río una lluvia de ardientes chispas que resplandecían con una triste luz amarilla, bajo la claridad serena de las estrellas, como signos de desgracia.

A la llamada del rey acudieron muy pocos. La noticia del robo de las simbólicas garzas había causado un gran desconcierto en el corazón de los caudillos, y los principales jefes y los conductores de los elefantes habían huido casi todos al campo enemigo.

El rey miraba en vano en torno suyo en busca de amigos. Había sido siempre un monarca implacable, severo en sus sentencias, rapaz en la recaudación de los impuestos y cruel en la exigencia del servicio personal. No quedaba ya en su palacio ninguno de los famosos guerreros ni de los valientes capitanes; en torno suyo pululaba tan sólo una desaconsejada tropa de esclavos y siervos.

En esta miserable situación el rey se acordó de Virata. A las primeras llamadas del cuerno guerrero, ordenó a sus siervos que tomasen la silla de mano de ébano y, acompañado de un fiel mensajero, fuese en busca de Virata para llevársele a su palacio. Cuando Virata vio aparecer el cortejo real, se inclinó hasta el suelo; pero el rey se dirigió hacia él no como un monarca, sino humildemente como un suplicante, y le rogó que condujese a su ejército contra el enemigo.

Virata se inclinó de nuevo profundamente y le dijo:

—Obedeceré tu mandato, señor. No volveré a mi casa hasta que la hoguera de la insurrección quede apagada bajo los pies de este tu esclavo.

Virata reunió entonces a sus hijos, a sus parientes y esclavos y, poniéndose al frente de sus hombres leales, salió en busca de los rebeldes.

Durante todo el día caminaron a través de las espesuras del bosque, en dirección al río, en cuya opuesta orilla el numeroso ejército enemigo había establecido su campamento. Al comprobar que eran en tan gran número, los rebeldes se sentían seguros de la victoria y se hallaban ocupados en derribar grandes árboles con objeto de construir un puente sobre el río y poder pasar, a la mañana siguiente, a la otra ribera para inundar la tierra como una gran marea y regarla con sangre.

Virata, famoso y astuto cazador de tigres, conocía un vado más arriba del lugar donde los rebeldes querían construir el puente, y durante la noche hizo que sus hombres, uno a uno, fuesen pasando el río. Cuando los tuvo a todos reunidos, cayeron invisibles sobre el enemigo, que dormía tranquilamente. Una vez dentro del campamento, los hombres de Virata comenzaron a agitar encendidos hachones, con lo cual los elefantes y los búfalos huyeron espantados, las tiendas de campaña comenzaron a arder y los durmientes despertaron poseídos de pánico.

Virata entró el primero, como una tempestad, en la tienda del enemigo del rey y, antes de que el durmiente tuviese tiempo de alzarse sobresaltado, le había ya hundido por dos veces la hoja de la espada en el pecho. El enemigo en masa saltó entonces en torno suyo. En la profunda oscuridad, Virata no dic descanso a su espada: hería a un hombre en la frente, a otro en el pecho todavía desnudo, a los que estaban tras él y a los que le arremetían de frente. De pronto se hizo el silencio en torno suyo; se hallaba como una sombra entre las sombras, firme en la entrada de la tienda, en cuyo interior se hallaba el signo del dios, la simbólica blanca garza que quería rescatar.

Luego ya no aparecieron más enemigos; todos yacían en torno suyo muertos o mudos de espanto. Lejos oía Virata los gritos de júbilo de los vencedores, de sus fieles guerreros y siervos. Después comenzó la persecución y se alejaron todos rápidamente.

Entonces Virata cayó de rodillas, silenciosamente, delante de la tienda, con la ensangrentada espada en la mano, e inmóvil esperó que sus camaradas regresasen de su ardiente cacería.

Pronto llegó la madrugada. Detrás del bosque se despertaba el día. Las palmeras se nimbaron con el oro de la aurora, reflejándose en la corriente mansa del río como ardientes antorchas. Al Este había nacido el Sol teñido de sangre.

Virata se puso entonces de pie. Abandonó el campo de batalla y, con las manos elevadas en alto, se acercó a la corriente del río. Allí, con los ojos resplandecientes de chispas de luz, se inclinó en acción de gracias.

Después metió las manos en el agua para hacer desaparecer la sangre que las teñía.

Sintió su cabeza turbada por la rápida visión de la corriente del río; se apartó entonces del agua y, envolviéndose en su ropaje, con el rostro iluminado, se dirigió de nuevo a la tienda de campaña con objeto de hacerse cargo de lo que durante la noche había sucedido.

Los muertos yacían innumerables en torno de la tienda, rígidos, con los ojos desorbitados, con los miembros rotos. El enemigo del rey tenía la frente destrozada y a su alrededor aparecían abiertos los desleales pechos de los que habían sido capitanes en la tierra de Birwager.

Virata cerró los ojos y se apartó para contemplar a los demás que habían caído en el campo de batalla. La mayoría yacían, medio cubiertos con sus esteras y sus rostros le eran desconocidos. Eran esclavos de las regiones del Sur, de rizados cabellos y negro rostro.

Cuando Virata se aproximó al último cadáver, sintió que su mirada se oscurecía. Sabía que era una de sus víctimas, uno de los que había herido con su espada. Acercó su rostro al del muerto y reconoció a su hermano mayor, Belangur, príncipe de las montañas, que había acudido en su ayuda. Virata se agachó y puso su cabeza en el pecho del hermano. El corazón había dejado de latir, los ojos estaban abiertos, y las negras pupilas le miraban y parecían clavársele en el corazón.

Entonces Virata sintió que su espíritu se empequeñecía, se aniquilaba completamente, y, como un agonizante, se sentó entre los muertos. Las negras pupilas de aquel hermano que había nacido de su madre antes que él, continuaban mirándole fijamente y parecían acusarle.

De pronto sonaron gritos en torno suyo. Después de la persecución, como salvajes pájaros acudían sus siervos, llenos de alegría, en busca del botín. Su contento fue inmenso cuando encontraron al enemigo del rey tendido en la tienda y salvada la garza sagrada.

Comenzaron todos a saltar frenéticamente en torno a la tienda y acudieron luego a besar a Virata, sin preocuparse de los muertos que les rodeaban y aclamándole con entusiasmo como al *Rayo de la Espada*.

Luego fueron llegando más y más y todos juntos comenzaron a recoger el botín, cargando tanto los carros que sus ruedas se hundían profundamente en el barro y las barcas del río casi zozobraban a su peso.

Un mensajero se lanzó al río, nadando presurosamente para ir a dar la buena noticia al rey.

Los demás no se apartaron del botín y continuaron celebrando la victoria.

Virata, silencioso, como hundido en un profundo sueño, continuaba sentado en el mismo sitio. Sólo una vez levantó el rostro: cuando sus vasallos quisieron despojar a los muertos de sus vestiduras. Entonces Virata se puso rápidamente en pie y ordenó a los suyos que reuniesen maderos, pusiesen sobre ellos los cadáveres y encendiesen una gran hoguera con objeto de que las almas de los muertos pudiesen entrar purificadas en la eternidad.

Los vasallos quedaron maravillados ante aquella orden. Los traidores debían ser devorados por los chacales del bosque y sus osamentas calcinadas por el sol. Tal era la ley que debía regir para los infieles.

Pero la orden fue cumplida, y, cuando las llamas se elevaron sobre los muertos, Virata arrojó perfumes y sándalo en la hoguera. Luego desvió el rostro y permaneció silencioso hasta que la hoguera se hubo convertido en brasas y las brasas en cenizas esparcidas por el suelo.

Entre tanto, los esclavos habían terminado de construir el puente que el día antes habían comenzado los partidarios del rival del rey. Primero pasaron por él los guerreros, coronados con hojas de laurel; luego siguieron los vasallos y la caballería de los príncipes.

Virata dejó que se adelantasen, pues sus cantos y alegría le oprimían el corazón. Luego se acercó a ellos y había un gran contraste entre aquella alegría y su tristeza. Cuando Virata se halló a la mitad del puente, se detuvo y contempló largo tiempo el agua que corría a uno y otro lado.

Todos los que se hallaban a una y otra orilla le miraban sorprendidos. Entonces Virata desenvainó su espada, la elevó sobre su cabeza como si quisiese dirigirla contra el cielo, después bajó su brazo como muerto y, soltando la espada, la dejó caer al río.

Inmediatamente de ambas orillas se lanzaron al agua desnudos guerreros que, hundiéndose en la corriente, intentaron rescatar el arma. Virata permaneció indiferente y comenzó a andar, con rostro sombrío, entre las filas de sus maravillados vasallos. Ninguna palabra salió ya de sus labios cuando, después, durante largas horas, la hueste vencedora fue avanzando lentamente por los amarillos caminos de la patria.

Estaban todavía lejos las puertas de jaspe y las almenadas torres de Birwag, cuando apareció a lo lejos una blanca nube de polvo que levantaba un cortejo de jinetes que se iba aproximando.

Cuando los jinetes divisaron al ejército vencedor, se detuvieron inmediatamente y los vasallos tendieron sobre el camino grandes alfombras, pues el rey que con ellos iba no debía jamás pisar el irisado polvo desde su nacimiento hasta que la llama de su vida se apagase.

Entonces el rey se aproximó encima de su anciano elefante, rodeado de sus hijos. El elefante, obedeciendo a la aguijada, dobló las rodillas y el rey descendió sobre el amplio tapiz.

Virata avanzó hacia el monarca y quiso inclinarse delante de su señor, pero el rey corrió hacia él y le abrazó estrechamente. Jamás en las crónicas más antiguas se había consignado tal honor a un vasallo.

Virata mando traer las garzas sagradas y, cuando las blancas alas comenzaron a aletear, estalló un entusiasmo tan grande que los corceles, asustados, se encabritaron y los conductores tuvieron que aplacar a los elefantes con las aguijadas.

Cuando el rey contempló los símbolos de la victoria abrazó a Virata otra vez y éste dobló una rodilla.

El rey tomó entonces en sus manos la espada del heroico padre de Rajputah, guardada hacía siete veces setecientos años en la cámara del tesoro real, la espada cuyo blanco puño era de marfil y en cuya hoja, con ideogramas de oro, estaban escritas las misteriosas palabras de la victoria, palabras que ya no podían descifrar los sabios ni los sacerdotes de los grandes templos.

El rey presentó a Virata la espada del héroe milenario como prenda de su agradecimiento y como símbolo de que él era desde aquel momento el más alto de sus guerreros y el supremo jefe de su ejército.

Pero Virata inclinó su rostro y dijo:

—Séarne permitido suplicar benevolencia y hacer una petición al más valeroso de los reyes.

El rey le miró fijamente y dijo:

—Tenla por concedida. Levanta tu rostro. Si quieres incluso la mitad de mis garzas reales no tienes más que pedirlo.

Entonces Virata dijo:

—Si es así, te ruego dispongas que la espada sea devuelta a la cámara del tesoro. En lo más íntimo de mi corazón he hecho voto de no coger jamás una espada. He matado a mi hermano, al que nació en el mismo regazo que yo, al que jugaba conmigo en los brazos de mi madre.

El rey le miró sorprendido, permaneció un momento silencioso y luego le dijo:

—No importa. Sin espada serás el más alto de mis guerreros; contigo mi Imperio se sentirá seguro contra todos los enemigos; jamás ningún guerrero ha podido conducir como tú un ejército a la victoria. Toma mi cinturón como enseña de tu poder y ese mi caballo para que todos te reconozcan como a su jefe.

Virata inclinó el rostro hacia el suelo y respondió:

—Un misterioso ser ha hablado a mi corazón y yo le he comprendido. He matado a mi hermano y ahora sé que todo hombre que mata a otro hombre mata a un hermano suyo. Yo no puedo ser caudillo en la guerra, pues en la espada está la fuerza y la fuerza es enemiga del derecho. Quien tiene parte en el pecado de asesinato es él mismo un asesino. Yo no quiero inspirar temor, prefiero conocer la injusticia que se hace contra los débiles y comer el pan de los mendigos. Breve es la vida en el eterno mudar de las cosas. Deja que la parte que me queda de vida pueda vivirla como un justo.

Por un instante el rostro del rey se oscureció. El silencio reinaba en torno de ellos contrastando con el anterior alboroto. Todos estaban sorprendidos, pues jamás en las más antiguas páginas de la historia se había registrado que un guerrero rechazase una ofrenda de su rey.

El rey miró entonces las sagradas garzas, signo de la victoria, rescatadas por Virata, y su rostro se aclaró de nuevo. Luego dijo:

—Has sido el más poderoso, Virata, contra mis enemigos. Y ya que ahora no puedo contar contigo para la guerra, quiero, a pesar de todo, tenerte a mi servicio. Como un justo conoces la culpa y la repruebas. Sé entonces el más alto de mis jueces y dicta tus sentencias en la escalinata de mi palacio; de esta manera la verdad será enaltecida en mi mansión y el derecho reinará sobre mi país.

Virata dobló la rodilla ante el rey en señal de agradecimiento. El rey le hizo subir a uno de los elefantes de su séquito y se encaminaron todos a la ciudad de las veintiséis torres, cuyo júbilo llegó hasta ellos como un tempestuoso mar.

Capítulo II

Desde la salida hasta la puesta del Sol administró Virata justicia en nombre del rey, en lo alto de la escalinata de mármol rosado, a la sombra del palacio. Sus palabras, como una balanza, fluctuaban largo tiempo hasta que se les ponía un peso. Su mirada penetraba clarividente en el alma de los culpables, y sus preguntas se hundían muy adentro, en lo más profundo de la maldad, como un tejón en la oscuridad de la tierra.

Sus palabras eran rudas y jamás dejaba caer la sentencia en el mismo día. Siempre ponía el frío espacio de la noche entre el interrogatorio y el fallo. Durante largas horas, hasta la salida del Sol, sus familiares le oían ir y venir intranquilo por la terraza de la casa, meditando sobre la justicia y la injusticia.

Antes de decidirse a dictar una sentencia hundía su frente y sus manos en el agua clara y fresca, para que sus palabras estuviesen limpias del calor de la pasión. Y, cuando había hablado, preguntaba siempre a los condenados si les parecía que se había cometido algún error. Ellos besaban entonces el escalón de mármol rosado y se alejaban con la cabeza inclinada, como si hubiesen oído la palabra de Dios.

Y es que Virata jamás habló como un mensajero de la muerte, no impuso jamás esta pena ni aun a los más culpables. Recordaba su involuntario crimen y aborrecía la sangre.

La lluvia acabó, pues, lavando las negras piedras que habían goteado sangre, los pilones que se hallaban en torno de la fuente milenaria de Rajputah y sobre los cuales el verdugo hacía inclinar las cabezas de los reos para cercenarlas. Virata mandaba encerrar a los miserables condenados a prisión en las lóbregas cárceles de piedra, o los enviaba al campo a cortar piedras para las paredes de los jardines, o a los molinos de arroz, junto al río, donde debían empujar las muelas en compañía de los viejos elefantes.

De este modo honraba la vida y los hombres le honraban a él, pues jamás se veía injusticia en sus sentencias, negligencia en sus preguntas ni ira en sus palabras.

Desde muy lejos del país acudían los campesinos, en carros tirados por búfalos, con objeto de que él allanase sus diferencias. Los sacerdotes temían sus discursos y el rey sus consejos. Su fama crecía como el joven bambú en el agua, recto y grácil, en una noche. Los hombres habían olvidado aquel sobrenombre que le dieran de *Rayo de la Espada*, y en todas las comarcas era conocido con el nombre de Rajputah, *el de la Fuente de la Justicia*.

Al sexto año de administrar justicia en la escalinata de mármol rosado del palacio real, compareció ante Virata un joven delincuente que pertenecía a la raza de los Kazar, raza salvaje que adoraba a los ídolos de piedra. Sus pies estaban ensangrentados a causa de largos días de caminata, y fuertes cuerdas ligaban estrechamente sus brazos. Los que le llevaban prisionero, dando muestras de gran furor, con los ojos brillantes de cólera bajo las oscuras cejas, le hicieron avanzar hacia la escalinata y le obligaron a ponerse de rodillas delante del juez. Luego todos se inclinaron a su vez con las manos en alto, pidiendo justicia.

Virata miró sorprendido a los extranjeros.

—¿Quiénes sois, hermanos —les preguntó —y quién es ese que comparece atado ante mí? Parece que venís de muy lejos.

El más anciano de ellos se inclinó entonces profundamente y dijo:

—Somos campesinos, señor, pacíficos habitantes del Oeste. Y éste que comparece atado es un monstruo que dio muerte a más hombres que dedos tiene en las manos. Pretendía a la hija de un honrado vecino de nuestro pueblo; pero como es un devorador de perros y un asesino de vacas, el padre se negó a concedérsela como mujer, dándola en cambio como esposa a un honrado comerciante. Entonces este monstruo, lleno de ira, se metió como un lobo en nuestro rebaño y por la noche asesinó al padre y a sus tres hijos y, no satisfecha su ira con esto, siempre que uno de los pastores de su víctima salía por la noche para conducir el ganado a los pastos de la montaña, le asesinaba también. De esta manera ha dado muerte a once hombres de nuestro pueblo, hasta que todos nosotros nos reunimos y salimos a cazarle como una fiera. Y aquí le traemos para que tú hagas justicia y nos libres de ese monstruo.

Virata clavó la mirada en el hombre que permanecía inmóvil, arrodillado a sus pies, con los miembros fuertemente atados con cuerdas.

— ¿Es verdad lo que esos me dicen? — le preguntó.

—¿Quién eres? —preguntó a la vez el acusado— ¿Eres el Rey?

— Soy Virata, su siervo, y el siervo de la ley. Para expiar mis culpas cuido de las culpa y me esfuerzo en distinguir lo verdadero de lo falso.

El acusado permaneció un espacio silencioso. Luego le miró con angustiosa mirada y le dijo:

—¿Cómo puedes tú saber, por lo que te dicen, lo que es verdad y lo que es falso? ¿Cómo puedes ser sabio si tu sabiduría se fía tan sólo en las palabras de los hombres?

—De tus palabras puedo yo sacar mi respuesta, por tus palabras puedo yo conocer la verdad.

El acusado le lanzó una mirada despreciativa.

—Yo no tengo nada que ver con esos. Y tú, ¿cómo puedes pretender saber lo que he hecho, si yo mismo no sé lo que mis manos hacen cuando se apodera de mi alma la ira? Yo he hecho justicia al hombre que ha vendido una mujer por dinero, he hecho justicia a sus hijos y a sus siervos. Ellos reclaman contra mí. Yo les desprecio y desprecio también sus palabras.

Al oír esto, la ira se apoderó de todos los que le acompañaban y comenzaron a gritar reclamando justicia contra aquel que, incluso, injuriaba al juez. Uno de ellos, lleno de furia, levantó el bastón para asestarle un golpe, pero Virata dominó con un gesto su furia y con voz tranquila volvió a interrogar a todos. Cuando recibía una contestación de los demandantes, se dirigía al prisionero y le interrogaba a su vez sobre aquella declaración.

Entonces el acusado apretaba los dientes. sonreía con malvada sonrisa y repetía:

—¿Cómo intentas saber la verdad valiéndote de las palabras de los demás?

El sol del mediodía brillaba ya sobre sus cabezas cuando Virata dic por terminado el interrogatorio. Se puso en pie y, según su costumbre, manifestó que no dictaría la sentencia hasta el día siguiente. Al oír esto, los demandantes elevaron las manos sobre sus cabezas.

—Señor —dijeron —, hemos viajado durante siete días en busca de tu dictado y necesitamos otros siete días para regresar a nuestro país. No podemos esperar hasta mañana. Nuestro ganado estará ya sediento, sin nadie que le conduzca a los abrevaderos, y los campos exigen nuestra labor. Señor, esperamos ahora tu sentencia.

Entonces Virata se volvió a sentar en el escalón y permaneció meditando largo rato. Su rostro reflejaba un gran cansancio, su espalda se inclinaba como abrumada por un enorme peso. Jamás le había acontecido el tener que dictar una sentencia en el mismo día, sin haber meditado antes profundamente sus palabras. Durante largo rato permaneció inmóvil, en silencio. Las sombras de la noche iban ya llegando lentamente.

Al fin se puso en pie y se dirigió a la fuente para refrescar en ella su rostro y sus manos, para que de esta manera su palabra estuviese limpia del calor de la pasión.

Luego dijo:

—¡Que mis palabras estén inspiradas por el único deseo de la justicia! Sobre este hombre pesa la pena de muerte, puesto que ha arrancado violentamente la vida a once hombres. Durante un año madura la vida de un hombre encerrada en el regazo de la madre, así éste estará encerrado un año en la obscuridad de la tierra por cada hombre que él ha matado. Y, como ha derramado once veces la sangre de los hombres, once veces al año será azotado hasta que la sangre salte de su piel, para que de esta manera pague la cuenta de su maldad. Pero no quiero que se le quite la vida, pues la vida es de los dioses y el hombre no puede disponer de lo que es de los dioses. Si mi sentencia es justa, esta justicia será mi mayor recompensa.

Después de estas palabras, Virata se sentó pesadamente en el escalón y los demandantes besaron el peldaño rosado en señal de respeto.

El condenado clavó entonces su negra mirada en el juez.

Virata le dijo:

—Te pedí con dulzura que me ayudases contra tus acusadores, pero tus labios han permanecido cerrados. Si hay un error en mi sentencia, reclama ahora ante el eterno Dios, no ante mí, reclama ante tu silencio. Yo quería ser benigno contigo.

El condenado exclamó, entonces:

—Yo no quiero tu dulzura ni creo en ella. ¿Qué clase de benignidad es la tuya que me arranca de un golpe la vida?

—Yo no te he condenado a muerte.

—Tú haces más que quitarme la vida, me privas de ella con ferocidad. ¿Por qué no me condenas a muerte? He matado hombre tras hombre y tú, en cambio, me dejas abandonado como una carroña en la oscuridad de la tierra, porque tu corazón es cobarde ante la sangre y en tu espíritu no hay fuerza. Tu ley es arbitraria. Tu sentencia no es sentencia, es tortura. Mátame, puesto que he matado.

—Ya te he juzgado y sentenciado.

—¿Dónde está la medida de tu sentencia? ¿Qué medida tienes, juez, para medir? ¿Quién te ha azotado a ti para que sepas lo que significa el látigo? ¿Cómo puedes contar los años como si lo mismo fuesen tus horas pasadas a la luz que las horas pasadas en la oscuridad de la tierra? ¿Has estado alguna vez en la cárcel para que puedas darte cuenta de las primaveras que arrancas a mi vida? ¡Eres un ignorante, no un juez! Solamente aquel que interviene en la batalla sabe de ella, no aquel que la dirige desde lejos. Únicamente quien ha experimentado el sufrimiento puede medir el sufrimiento. Sólo el culpable puede medir tu orgullo para castigarle. Tú eres el más culpable de todos. Yo me he visto cegado y arrebatado por la pasión de mi vida, por la angustia de mi miseria; pero tú dispones a sangre fría de mi vida, me mides con una medida que tu mano no tiene y con un peso que tu mano no ha sostenido nunca. Estás en la silla de la justicia, pero no puedes sentarte en ella como un juez. ¡Mides con la medida de la arbitrariedad! ¡Márchate de la silla de la justicia, ignorante juez, y no juzgues a los hombres vivos con la muerte de tus palabras!

Los labios del condenado estaban pálidos de odio, y los demás, al oírle, cayeron furiosamente sobre él. Pero Virata los separó con su autoridad, se inclinó hacia el condenado y le dijo en voz baja:

—No puedo romper la sentencia que ha sido dictada en este escalón. Es muy posible que tú hayas sido también un juez.

Después de esto, Virata se alejó a toda prisa, y los demás se apresuraron a cargar con cadenas al sentenciado. Virata volvió la vista atrás y vio los ojos del condenado fijos en él, llenos de una malvada luz, y sintió entonces que aquella mirada se hundía profundamente en su corazón; le pareció, en aquel momento, que eran los ojos de su hermano muerto los que le miraban, de aquel hermano que había dejado tendido ante la tienda de campaña del rival del rey.

Durante la noche, Virata permaneció sin decir palabra alguna. La mirada de aquel extranjero permanecía clavada en su alma, como una ardiente brasa.

Sus familiares le oyeron durante la noche, hora tras hora, ir y venir por la terraza de su casa, hasta que la aurora resplandeció rosada entre las palmas.

Capítulo III

Al amanecer se bañó Virata en el sagrado estanque del templo, hizo después sus plegarias vuelto hacia el Oeste y luego entró en su casa para ponerse la amarilla veste de gala. Los suyos se sorprendieron al verle vestido con el traje de ceremonia, pero no se atrevieron a preguntarle nada.

Virata se encaminó al palacio del rey, que estaba siempre abierto para él a cualquier hora del día o de la noche. Virata se inclinó profundamente ante el monarca y tocó el borde de su vestido en señal de que deseaba hacerle una petición.

El rey le miró con ojos tranquilos y dijo:

—Tu deseo ha tocado el borde de mi vestido. Antes de que la formules en palabras, tu petición ya está concedida.

Virata volvió a inclinarse profundamente y dijo las siguientes palabras:

—Tú me pusiste en el sitio del más alto de tus jueces. Durante siete años he administrado justicia en tu nombre, y después de todo ese tiempo aún no he conseguido saber con certeza si la administro bien. Te ruego que me concedas una luna de completo descanso para que, durante este tiempo, pueda buscar el camino de la verdad. Concédeme que siga ese camino lejos de ti y de los demás. Mi único deseo es obrar sin injusticia y vivir sin culpa.

El rey respondió, sorprendido:

—Falto de justicia quedará mi reino hasta que vuelva a nacer la luna nueva. No quiero preguntarte el camino que quieres seguir. Que él pueda conducirte a la verdad.

Virata besó el suelo en señal de agradecimiento, hizo una nueva inclinación y se marchó.

Capítulo IV

A l anochecer, entró Virata en su casa y llamó a su mujer y a sus hijos.

—Por espacio de una luna —les dijo — no me veréis. Despedíos de mí y no me preguntéis nada.

La mujer le miró llena de zozobra, los hijos le miraron dulcemente.

Virata los besó en la frente y les dijo:

—Recluíos ahora en vuestras habitaciones. Que nadie me siga ni intente saber adónde voy cuando haya salido de casa. No intentéis saber nada de mí hasta que aparezca en el cielo la luna nueva.

La mujer y los hijos inclinaron la cabeza y se fueron en silencio.

Virata se quitó el vestido de gala y se puso una negra veste. Rezó algún tiempo ante la milenaria imagen de Dios, cogió unos manuscritos de hoja de palmera y los arrolló y cerró como una carta. Luego abandonó la casa, sumida en la oscuridad, y, saliendo a las afueras de la ciudad. se encaminó hacia las rocas donde se hallaban abiertas las profundas cuevas que servían de cárcel a los condenados.

Al llegar allí llamó con recios golpes a la puerta, hasta que el carcelero, dormido sobre una estera, se despertó sobresaltado y acudió a ver quién era el que así llamaba.

Entonces Virata le dijo:

—Soy Virata, el supremo juez. Vengo a ver al prisionero que fue encerrado ayer en la cueva.

—Está encerrado en la más profundo, señor —manifestó el carcelero—, en lo más hondo de la oscuridad de la cueva. ¿He de conducirte hasta allí, señor?

—Conozco el camino. Dame la llave y vuélvete a descansar. Por la mañana encontrarás la llave junto a la puerta. No digas a nadie que me has visto.

El carcelero se inclinó ante Virata, le entregó la llave y le ofreció una luz. Luego, como se le había ordenado, fue a tenderse de nuevo sobre la estera.

Virata abrió la puerta de cobre que cerraba la oquedad de la roca y se hundió en las profundidades de la cárcel.

Hacía ya más de cien años que los reyes Rajputabs habían comenzado a encerrar allí a sus prisioneros. Los condenados debían trabajar hendiendo, día por día, nuevos agujeros en la entraña de la tierra, abrir nuevas guaridas en el frío y duro granito para que sirviesen de cubil a los nuevos condenados que iban llegando a la cárcel.

Antes de cerrar de nuevo la puerta, Virata lanzó una última mirada al espacio celeste, cuajado de blancas y temblorosas estrellas; luego cerró la puerta y quedó sumido en la más profunda y temerosa oscuridad. Al golpetazo de la puerta la llama de su lámpara se estremeció como un animal moribundo. A través de la puerta se oía aún el blando susurro del viento en los árboles y la alegre gritería de los monos.

En la primera cueva se oía todavía ese rumor perdido a lo lejos. En la segunda cueva reinaba ya el terrible silencio, como en el fondo del mar debajo del inmóvil y frío espejo del agua. Por las rocosas paredes resbalaban lágrimas de humedad, no se respiraba ya el puro aire de la superficie y, a medida que Virata iba andando, sus pasos resonaban en la inmensa frialdad del silencio.

En el quinto agujero, el más profundo bajo la tierra, muy por debajo de la superficie donde las cimbreantes palmeras elevaban su gracia hacia el cielo, se hallaba la celda del condenado. Virata entró en aquel antro y elevó la lámpara sobre su cabeza. Oscuras masas de sombras se confundían al incierto resplandor de la luz.

Se oyó el rechinar de una cadena. Virata se inclinó sobre el ser que yacía en el suelo.

—¿Me reconoces ? —le preguntó.

—Te conozco. Tú eres aquel que, sentado entre los grandes señores, decidiste mi suerte.

—Yo no soy ningún señor. Sólo soy un servidor del rey y de la Justicia. He venido para servir a ésta.

El prisionero elevó sus sombríos ojos y los clavó en el rostro del juez.

—¿Qué quieres de mí?

Virata permaneció largo tiempo silencioso. Luego dijo:

—Yo te hice daño con mis palabras, pero tú también me hiciste daño con las tuyas. Yo no sé si mi sentencia ha sido justa, pero sí sé que en tus palabras estaba la verdad. No se puede medir con una medida que uno no conoce. Yo he sido un ignorante y quiero convertirme en un sabio. He condenado a muchos cientos de hombres a esta pavorosa cárcel y no sé nada de la cárcel. Quiero orientarme y aprender a ser justo. Quiero que, al morirme, no haya culpa en mi alma.

El condenado le miraba sorprendido y, de cuando en cuando, sus cadenas sonaban suavemente.

—Quiero saber lo que es la pena que tú sufres; quiero que mi cuerpo conozca la mordedura del látigo, lo que son las horas de prisión para el alma de un prisionero. Por espacio de una luna quiero permanecer en tu lugar; quiero saber y pagar con esa experiencia mi culpa. Después podré dictar mis sentencias con pleno conocimiento de su peso y de su crueldad. Entre tanto permanecerás libre. Te daré la llave que te conducirá a la luz, serás libre durante el espacio de una luna. Prométeme que luego volverás a buscarme a esta obscuridad donde se habrá hecho la luz en mi sabiduría.

El prisionero se puso vivamente en pie, las cadenas pendían a lo largo de su cuerpo.

—Júrame —continuó diciendo Virata—, por la despiadada diosa de la venganza, que volverás. Si lo juras te daré la llave y mis propios vestidos. Dejarás la llave cerca de la yácija del carcelero y podrás marcharte libremente. Tu juramento te ligará al dios milenario y, cuando la Luna esté a punto de terminar su círculo, irás a ver al rey y le entregarás este manuscrito para que él quede informado de lo ocurrido y disponga según sea de justicia. ¿Juras ante el dios multiforme cumplir lo que te ordeno?

—Lo juro —respondió el prisionero, con voz que el temor hacía temblorosa.

Virata le quitó las cadenas y IEE puso su propio vestido sobre los hombros.

—Aquí está mi vestido. Dame el tuyo. Cúbrete el rostro para que ningún guardián pueda reconocerte. Toma ahora estas tijeras y córtame el cabello y la barba para que yo tampoco pueda ser reconocido por nadie.

El prisionero tomó las tijeras y, temblando, las metió entre los cabellos del juez. Su mirada era suplicante, pero comenzó a cortar como se le había ordenado. De pronto arrojó las tijeras al suelo y exclamó con voz estridente:

—Señor, no puedo soportar que tú sufras por mí. Yo he matado, he derramado sangre con mi despiadada mano. Tu sentencia era justa.

—No puedes volverte atrás, puesto que has jurado. Ni yo tampoco, pues dentro de mí ha nacido la luz. Márchate como has prometido, y el día de la luna nueva preséntate al rey, que él me liberará. Entonces habrá nacido en mí la sabiduría, sabré lo que debo hacer con respecto a ti y mi palabra estará libre de injusticia. Márchate.

El prisionero se inclinó y besó la tierra.

Pesadamente chirrió la puerta en la obscuridad. Una vez más saltó la llama de la lámpara como un animal moribundo. Luego la noche se precipitó sobre el tiempo.

Capítulo V

Al día siguiente, por la mañana, Virata fue conducido por los carceleros al campo que se hallaba situado delante de la puerta de la ciudad y allí le azotaron, en cumplimiento de la sentencia dictada por el juez. Nadie le había reconocido.

Cuando el látigo mordió por primera vez su espalda desnuda, Virata lanzó un grito; luego apretó fuertemente los dientes. Pero cuando hubo recibido veintisiete golpes sintió que se le nublaba la vista y perdió el sentido. Entonces se le llevaron otra vez al calabozo, como si fuese un animal muerto.

Al volver en sí, Virata se encontró de nuevo encerrado en la obscuridad. Las heridas abiertas en su espalda le quemaban como fuego. Sintió, sin embargo, en su frente una dulce frescura y respiró un suave perfume de hierbas silvestres.

Una mano se había posado sobre sus cabellos y aquella caricia parecía que aliviaba sus sufrimientos. Lentamente abrió los ojos y miró en torno. La mujer del carcelero estaba junto a él y humedecía su frente. Virata la contempló sorprendido y vió que la estrella de la compasión brillaba en los ojos de la mujer. A través de las torturas de su cuerpo, Virata comprendió entonces el sentido del sufrimiento y el inmenso poderío del bien. Dulcemente floreció en sus labios una sonrisa y ya no se dic cuenta de sus padecimientos.

Al día siguiente Virata pudo levantarse de su yácija y tocar con sus manos las paredes del calabozo. Sentía como si un mundo nuevo hubiese nacido en él, y cuando, al tercer día, se cicatrizaron sus heridas, sintió que la fuerza volvía a su espíritu y a su cuerpo. Entonces permanecía largas horas sentado, lleno de tranquilidad. Por las negras paredes resbalaban las gotas de agua, lentamente, a lo largo del tiempo, rompiendo de cuando en cuando el profundo silencio al caer sobre el suelo, como marcando pequeñas partículas de aquel tiempo infinito que estaba compuesto de miles y miles de días, que resbalaba día y noche, impasible, desde los más remotos tiempos de la humanidad antigua.

Dentro de él reinaba también el silencio, una profunda obscuridad reinaba en su sangre; pero la sangre circulaba emanando recuerdos, corriendo como una fuente mansa alimentando el tranquilo estanque del pasado, sin oleajes, lleno de una infinita claridad, donde se reflejaban límpidas imágenes a cuya contemplación su corazón permanecía suspenso. Jamás había sentido su espíritu tan clarividente como en aquella contemplación del espectáculo de las lejanías hundidas en el pasado.

En aquella obscuridad, la mirada de Virata era de clarividente, los recuerdos se alzaban ante él y precisaban sus formas. El suave placer de la contemplación limpia de deseos se cernía sobre el resplandor de los recuerdos, que se transfiguraban en mil formas, que se entremezclaban, como los dispersos guijarros de la prisión bajo las manos acariciadoras del prisionero.

Entonces Virata evocaba la milenaria imagen del dios de la fuerza y se sentía liberado de la servidumbre de la voluntad, muerto entre los vivos y vivo en la muerte. Toda la angustia del pasado había desaparecido y se sumergía en el suave deseo de la liberación de su cuerpo. Le parecía que a cada momento se hundía más profundamente en la obscuridad, como una negra raíz, como una piedra tan sólo, reposando fríamente impasible en la ignorancia del ser.

Durante dieciocho noches permaneció Virata sumido en su contemplación, libre de las espinas de la vida. La bienaventuranza resplandecía en torno suyo, comprendía que había cumplido su expiación; su culpa y su fatalidad eran sólo como un sueño en el despertar de la sabiduría eterna.

A la decimonona noche se sintió de pronto conmovido por un repentino pensamiento, le pareció como si una ardiente aguja le traspasase el cerebro. El espanto sacudió entonces su cuerpo y sus dedos comenzaron a temblar en sus manos como las hojas en una rama. El hombre al que había condenado podía ser infiel a su juramento, olvidarle, y él entonces tendría que permanecer allí miles y miles de días hasta que su carne se desprendiese de sus huesos y cayese al suelo y la lengua se le secase en el eterno silencio.

La voluntad, el ansia de vivir, saltó entonces dentro de él como una pantera; se desencadenó en su espíritu una tempestad de angustia, de confusión y de esperanzas. Ya no podía pensar en el milenario dios de las mil formas, sino únicamente en sí mismo. Sus ojos se sentían hambrientos de luz; sus piernas chocaban contra las duras piedras, querían andar, ir lejos, saltar y correr. Con toda el ansia desesperada de sus sentidos pensaba en su mujer, en sus hijos, en las riquezas del mundo, y su sangre hervía.

Desde este día, sus recuerdos se ensombrecieron, se alzaron como enemigos contra él, fueron como una tempestad que le envolvía. Y él los buscaba, deseaba que los recuerdos le arrebatasen como una hoja muerta hacia las resplandecientes horas pasadas en la libertad; que el tiempo corriese y le acercase a la ansiada hora de la liberación. Pero en torno suyo reinaba tan sólo el silencio, y en el gran naufragio era como un nadador que luchaba y luchaba horas enteras. Las gotas de agua que resbalaban por las paredes le parecía que iban cayendo en un tiempo eterno, sin fin. Desesperado, se alzaba de su yácija y saltaba de un lado a otro, en la cueva llena de silencio; alocadamente giraba como una peonza entre las paredes. Insultaba a las piedras, maldecía a los dioses y al rey, con sus ensangrentadas uñas arañaba las rocas, y daba golpes con el cráneo contra la puerta hasta que caía sin sentido al suelo.

Luego volvía en sí, despertaba, y como una rata rabiosa corría por todos los ángulos de su celda.

Desde este día hasta la luna nueva se consumió Virata en su encierro. Rechazaba la comida miserable que le llevaba el carcelero. No pensaba en nada; sus labios iban contando mecánicamente las gotas de agua que caían en el tiempo sin fin, intentando distinguir un día de otro día, hasta que de pronto la cabeza se inclinaba sobre su pecho pajo el pesado martillazo del sueño.

A los veintitrés días Virata oyó ruido más allá de la puerta de su calabozo. Luego volvió a reinar el silencio. Después se oyeron pasos, la puerta se abrió, una luz resplandeciente cegó sus ojos. Delante de aquel ser enterrado en la obscuridad se hallaba el rey.

El rey abrazó amorosamente a Virata y le dijo:

—Me he enterado de tu acción, que es la más grande de todas las que se rememoran en los escritos de los antepasados. Como una estrella, resplandece muy alta sobre la mezquindad de nuestra existencia. Sal afuera para que el fuego de Dios te ilumine y los ojos puros del pueblo puedan contemplar a un hombre justo.

Virata apartó sus manos de los ojos, pues la luz le había herido como un aguijón, dejándole tan sólo ver la púrpura de su sangre. Se puso en pie como un beodo y los siervos tuvieron que sostenerle. Luego, una vez más sereno, dijo al rey:

—Tú, rey, me has dado el nombre de justo; pero yo sé que todo aquel que habla de justicia, que quiere hacer justicia, obra injustamente y se llena de culpa. En estas profundidades hay multitud de hombres que sufren con injusticia a causa de mi palabra. Sé ahora lo que les he hecho sufrir y sé que no podré pagar sus sufrimientos. Te ruego que los mandes poner en libertad antes de que yo salga.

El rey ordenó que se liberase a los prisioneros. Luego dijo a Virata:

—Te sentabas en la escalinata de mi palacio para administrar justicia como el más alto juez. Ahora eres un sabio, un caballero aleccionado en la caballería de los sufrimientos; ahora, por lo tanto, debes sentarte a mi lado para que yo pueda oír tus palabras y yo mismo llegue a ser sabio con tus conocimientos sobre justicia.

Virata abrazó las rodillas del rey en deseo de hacerle una petición:

—Déjame libre de mis cargas; yo ya no puedo administrar justicia, pues sé que nadie puede ser juez, que es a Dios a quien corresponde castigar y no a los hombres. El hombre que señala el destino a los otros hombres cae en pecado y yo quiero vivir sin culpa.

—Sea así —respondió el rey—; no serás juez, sino consejero mío. Me aconsejarás en la guerra y en la paz, sobre la justicia de los impuestos y gabelas, y así no me equivocaré en mis resoluciones.

Otra vez Virata abrazó las rodillas del rey:

—No me des poder, pues el poder excita a la acción y cualquier acción puede ser justa o no serlo respecto a su fin. Si te aconsejase la guerra, sembraría entonces la muerte. Solamente puede ser justo aquel que no tiene parte en ninguna obra y vive solo. Jamás he estado más cerca de la sabiduría que ahora que he vivido aislado, sin la palabra de los hombres. Déjame vivir pacíficamente en mi casa, sin más obligación que la del sacrificio a los dioses. De este modo estaré limpio de culpa.

El rey le dijo entonces, contrariado:

—¿Cómo es posible contradecir a un sabio? No está permitido torcer la voluntad de un justo. Vive, pues, según tu voluntad. Será una honra para mi Imperio el que dentro de sus límites viva un ser liberado de toda culpa.

Una vez fuera de la cárcel, Virata se despidió del rey. Sentía su espíritu liberado, regresaba a su hogar tranquilo, sin preocupaciones de una pesada obligación.

Detrás de sí oyó Virata un rumor de pasos de pies desnudos. Se volvió y pudo ver al condenado cuyo suplicio había sufrido él. Aquel hombre iba besando las huellas que dejaban en el polvo las sandalias de Virata.

Luego desapareció.

Entonces floreció una sonrisa en los labios de Virata, una sonrisa que no había vuelto a nacer en sus labios desde aquel día en que los aterrados ojos del hermano muerto se habían clavado en él.

Virata entró lleno de alegría en su casa.

Capítulo VI

En su casa vivió Virata días llenos de luz. Al despertarse elevaba una plegaria de agradecimiento por ver la claridad del cielo en vez de las tinieblas, por contemplar los colores y sentir el perfume de la tierra y la clara música de la mañana.

Cada día era para él como un maravilloso regalo, y sentía su propia vida dentro de sí como un prodigio, lo mismo que la dulce vida de su mujer, la fuerte vida de sus hijos. Comprendía que sobre todo el Universo se derramaba la bendición del dios milenario, y entonces Virata se sentía lleno de noble orgullo al pensar que jamás causaría más daño a sus hermanos, que jamás se movería como el enemigo de una de las mil formas del dios invisible.

Durante todo el día leía los libros que contienen la sabiduría y profundizaba en las formas de la devoción, concentrando su espíritu en el deseo del bien a los pobres.

Su espíritu permanecía sereno, su palabra era dulce y los suyos le amaban como jamás le habían amado.

Era la ayuda de los pobres y el consuelo de los desgraciados. Ya no era conocido con los nombres de *Rayo de la Espada* ni *Fuente de la Justicia*; todos le conocían con el nombre de *Fecundo Campo de los Consejos*, y a él acudían para que dirimiese las diferencias y dificultades, no como juez, sino como hombre de bondadosas palabras.

Virata se sentía entonces feliz, pues sabía que un consejo era mejor que una orden y una avenencia mejor que una sentencia.

No sentenciaba a los hombres, los ayudaba, y comprendía que su propia vida se había limpiado de toda culpa.

Así llegó a la mitad de su existencia con espíritu clarividente, y así pasaban para él los años uno tras otro, semejantes a un solo y claro día.

Su espíritu se iba haciendo cada vez más puro. Cuando acudían a él para que dirimiese alguna diferencia, para que hiciese nacer la paz entre dos contendientes, su espíritu apenas podía comprender que hubiese tanta injusticia sobre la Tierra y que los hombres luchasen entre sí movidos por los celos o por el amor propio, como si todos no disfrutasen por igual de la vida y de los puros goces de la existencia. A nadie envidiaba y de nadie era envidiado. Su casa se elevaba como una isla de paz en medio del tumulto de la vida de los hombres, lejos del torrente de las pasiones y de la tempestad de los deseos.

Una tarde, al sexto año de su vida de paz, Virata se sintió arrebatado de su contemplación al oír una gran gritería y ruido de golpes. Salió corriendo de su estancia y vió que sus hijos azotaban despiadadamente a un esclavo que se hallaba ante ellos de rodillas. El látigo mordía las espaldas desnudas de aquel hombre hasta hacerle saltar la sangre.

Los ojos del esclavo, desorbitados por el terror, se clavaron en Virata y éste sintió en el fondo de su alma los ojos de su hermano muerto que le miraban. Se interpuso entre el esclavo y sus hijos y preguntó qué era lo que había sucedido.

Pudo comprender, por las frases entrecortadas de sus hijos, que le hablaban al mismo tiempo interrumpiéndose unos a otros, que aquel esclavo, que estaba encargado de transportar agua en grandes cubos, desde la fuente a la casa, muchas veces, en el ardor del mediodía, agotado por el cansancio, se retrasaba en su trabajo, y que el día anterior, después de haber sido castigado por su holgazanería, se había escapado.

Los hijos de Virata habían montado a caballo y habían salido en su persecución, consiguiendo cogerle más allá del río, cerca del pueblo.

Entonces le habían atado con una cuerda a la silla de sus caballos y, medio arrastrándole y medio corriendo, con los pies destrozados por las piedras, le habían traído prisionero, y no bastándoles este suplicio le azotaban ahora despiadadamente, para que su castigo sirviese de ejemplo a los demás esclavos, que contemplaban el suplicio temblándoles de miedo las rodillas, hasta que Virata había llegado para interrumpir el castigo.

Virata miró fijamente al esclavo. La arena, en tomo suyo, se veía salpicada de sangre. Los ojos de la víctima estaban desmesuradamente abiertos, como los de un perro atormentado, y Virata vió, en la profundidad de aquellos negros ojos llenos de espanto, el mismo terror que él había visto en las eternas noches de su calabozo.

—Dejadle libre —ordenó a sus hijos—, su culpa ya está pagada.

El esclavo besó el polvo junto a los pies de Virata. Y por primera vez mostraron los hijos descontento ante una orden de su padre.

Virata volvió a su celda. Sin saber bien lo que hacía se lavó la cara y las manos, y de pronto se dic cuenta, asustado, de que había obrado como antaño, de que por primera vez había vuelto a proceder como juez y había dictado una sentencia sobre un destino humano. Y por primera vez desde hacía seis años, volvió a pasar toda una noche sin sueño.

Permanecía insomne, echado en la obscuridad, viendo los asustados ojos del esclavo que le contemplaban (tal vez eran los ojos del hermano muerto), y se le aparecía luego el furor de sus hijos. Entonces se preguntaba si éstos habían cometido una injusticia con aquel esclavo.

La sangre había teñido el suelo de su casa, el látigo había flagelado a un ser vivo, y aquel castigo le causaba más sufrimiento, le quemaba mucho más que cuando las colas del látigo le habían mordido como culebras en sus propias espaldas. A ningún hombre libre podía aplicársele esta pena, pues se hallaba bajo la protección especial de las leyes del rey; era aquella una pena para los esclavos. Pero, esa ley del monarca, ¿era también una ley del dios milenario? ¿Era justo que unos hombres viviesen completamente libres y otros pendientes de una voluntad ajena?

Virata se levantó de su lecho y encendió la luz, y se puso a investigar en los libros de la sabiduría para encontrar la razón. En ninguna parte pudo hallar su mirada el signo de la diferencia entre un hombre y otro hombre. Sólo halló el orden de las castas y de los estamentos, pero nada había en el sentido del dios milenario que precisase las diferencias de amor entre los hombres. Sediento, procuró beber en la fuente de la sabiduría, pero nada contestaba a su pregunta. Entonces arrojó los libros y apagó la luz.

Una vez las paredes de su estancia desaparecieron en la obscuridad, comprendió Virata el misterio. No era su habitación lo que sus ojos veían, era su propia cárcel, aquella cárcel terrible que él había conocido, y comprendió que la libertad es el más esencial de los derechos del hombre y nadie puede negarla, no sólo por toda una vida, ni siquiera por un año.

Ahora se daba cuenta de que había encerrado a sus esclavos en el estrecho círculo de su propia voluntad, los había encadenado de manera que ninguno de sus pasos pudiese ser jamás libre. La claridad se había hecho en él. Ante aquel pensamiento su pecho respiraba liberado y dentro de su profunda obscuridad se había hecho la luz. Hasta aquel momento no había comprendido que la culpa estaba en él, que había sometido a los hombres a su voluntad, que los llamaba esclavos contra todo derecho, que los hombres solamente debían obediencia al eterno dios de las mil formas.

Entonces se inclinó para elevar una plegaria:

—Te doy las gracias, dios de las mil formas, que un mensajero me envías en cada una de ellas para que me liberen de la culpa, para que esté más cerca del camino de tu voluntad. Haz que pueda comprenderte en los ojos suplicantes del hermano eterno que a todas partes me acompañan y que sufra con sus sentimientos. Así mi vida estará libre de toda culpa.

El rostro de Virata estaba de nuevo lleno de luz. Con puros ojos salió afuera para contemplar la noche y recibir el saludo de las estrellas, y el suave viento de la primavera le acarició en el jardín a la orilla del río.

Cuando el Sol se elevó en el horizonte, se bañó en el sagrado río y luego se dirigió a su casa, donde los suyos se hallaban reunidos para la plegaria matinal.

Capítulo VII

Saludó a toda su familia con dulce sonrisa. Ordenó que las mujeres se retirasen a sus habitaciones y luego habló de esta manera a sus hijos:

—Vosotros sabéis que, desde hace años, solamente hay una preocupación en mi alma: ser un hombre justo y vivir sin culpa sobre la Tierra. Pero ayer aconteció que la sangre regó el suelo de mi casa, sangre de un ser vivo, de un hombre, y yo quiero liberarme de esa sangre y hacer expiación alejado de la sombra de mi casa. El esclavo que sufrió la pena tan dura debe ser puesto en libertad y desde este mismo momento ir adonde más le plazca, para que de este modo no pueda pedir justicia ante el Supremo Juez contra vosotros y contra mí.

Los hijos permanecieron silenciosos y Virata comprendió que sus palabras habían sido recibidas con hostilidad.

—¿No respondéis a mis palabras? No quiero hacer nada contra vosotros sin antes haberos escuchado.

—Tú quieres dar la libertad a un culpable como premio de su culpa —respondió el hijo mayor—. Tenemos muchos siervos en la casa y uno menos no tiene importancia. Pero todo lo que realizan lo hacen porque están atados con cadenas. Si dejas a ese libre, ¿cómo podrás conseguir que los demás te obedezcan?

—Si ellos no quieren obedecerme, debo entonces ponerlos en libertad. No quiero torcer el destino de ningún hombre. Quien dispone de la vida ajena cae en culpa.

—Pero tú te olvidas de la ley —dijo el hijo segundo—. Esos esclavos son de nuestra propiedad como la tierra, los árboles de esa tierra y los frutos de esos árboles. Ellos te sirven y están atados a ti y tú estás atado a ellos. La ley milenaria, nacida en lo más remoto de los tiempos, dice: *El esclavo no es dueño de su vida, sino siervo de su señor.*

—¡Hay también un derecho de Dios y este derecho es la vida, la vida que él ha creado con el aliento de sus labios. Me has hablado bien, pues yo he estado también ciego y creía estar liberado de mi culpa sin pensar que he dispuesto de la vida ajena durante años. Ahora veo claramente y puedo decir que un justo no puede tratar a los hombres como animales.

Quiero dar a todos la libertad, para que de este modo pueda vivir sin culpa sobre la Tierra.

El furor ensombreció la frente de sus hijos. Y el mayor de ellos respondió:

—¿Quién regará las sementeras? ¿Quién cultivará el arroz? ¿Quién conducirá los búfalos al campo? ¿Debemos nosotros convertirnos en esclavos y obedecer a tu voluntad? Tus mismas manos, en tu larga vida, no se han acostumbrado al trabajo y no podrías ahora acostumbrarte a él. El sudor ajeno es el que empleas tú cuando, para poder dormir, te haces abanicar por el siervo. ¿Y tú quieres liberarlos a ellos para que nosotros tengamos que sufrir, nosotros que somos tu propia sangre? ¿Debemos nosotros uncirnos al arado tirado por búfalos y tirar de la cuerda en su lugar para que ellos no sufran? También los búfalos han nacido del aliento del dios de las mil formas. No quieras, padre, cambiar lo estatuido por él. No produce la tierra por sí misma, es necesario que esté sometida a un poderío para que dé frutos. El dominio es la ley que rige bajo las estrellas y no podemos prescindir de él.

—Yo, sin embargo, quiero prescindir del dominio, pues el poder es una infracción del derecho y yo quiero vivir sobre la Tierra sin cometer injusticias.

—El poder abarca todas las cosas, sean hombres o animales o la paciente tierra. Sobre lo que tú eres señor debes ejercer el dominio.

Quien posee está atado al destino de los hombres.

—Yo, sin embargo, quiero liberarme de todo para no caer en culpa. Por lo tanto, os ordeno que pongáis en libertad a los esclavos y que vosotros mismos atendáis a nuestras necesidades.

Los hijos le miraron con ira y apenas pudieron contener sus improperios. Luego dijo el mayor:

—Tú has dicho que no quieres torcer el destino de ningún hombre. No quieres mandar sobre tus esclavos para no caer en culpa y, sin embargo, nos mandas a nosotros y quieres cambiar nuestra vida. ¿Dónde está el derecho de Dios y de los hombres?

Virata permaneció largo tiempo silencioso. Cuando elevó sus ojos vió que la llama de la codicia ardía en las miradas de sus hijos. Entonces les dijo, lentamente:

—Me habéis mostrado lo que es justo. No quiero ejercer mi poder sobre vosotros. Tomad mis bienes y repartíoslos según vuestra voluntad; no quiero tener parte alguna en los bienes ni en la culpa. Habéis hablado acertadamente: quien ejerce el poder priva de libertad a los demás y a su propia alma antes que a todo. Quien quiere vivir sin culpa no puede compartir los bienes, ni puede alimentarse con el trabajo ajeno, ni beber a costa del sudor de otro, ni estar ligado al deseo de la mujer, ni sumirse en la pereza de la hartura. Solamente quien vive solo vive con Dios, solamente quien posee la pobreza lo posee todo. Yo deseo tan sólo estar cerca de Dios en la Tierra, quiero vivir sin culpa. Tomad mi casa y mis bienes y repartíoslos en paz.

Después de decir esto, Virata dejó a sus hijos, que se quedaron profundamente sorprendidos, sintiendo que la codicia ardía dentro de sus cuerpos.

Capítulo VIII

Virata se encerró en su estancia y permaneció sordo a todas las llamadas y exhortaciones.

Cuando comenzaron a aparecer las primeras sombras de la noche, se preparó para la larga caminata. Tomó un cayado, un saco, un hacha de trabajo, un puñado de frutas para alimentarse y las hojas de palmera donde se hallaban grabadas las máximas de la sabiduría y de la plegaria. Acortó sus vestidos hasta las rodillas y calladamente abandonó la casa, sin despedirse de su mujer ni de sus hijos, sin preocuparse de todos los bienes que dejaba.

Caminó durante toda la noche para llegar hasta el río donde, después de un amargo despertar, había tirado su espada, y pasó a la otra orilla, que estaba completamente deshabitada y donde la tierra no había sido jamás arañada por el arado.

Al amanecer llegó a un lugar donde se elevaba un árbol gigantesco. El río describía un amplio círculo en torno de aquel lugar, y una multitud de pájaros, armando una gran algarabía, jugueteaban en la ribera sin ningún temor. La claridad resplandecía en la corriente del río y una dulce sombra reinaba bajo la copa del árbol. Una virginal maleza se extendía por aquel paraje y viejos troncos de árboles caídos yacían en el suelo. Virata eligió un pequeño cuadrado en medio del bosque y comenzó a construir allí una choza para vivir en ella alejado de los hombres y de sus culpas.

Durante cinco días trabajó penosamente en la construcción de la choza, pues sus manos no estaban acostumbradas al trabajo. Debía, además, atender a su subsistencia y buscar frutas para alimentarse. La selva era espesa en torno de su choza y tuvo que rodearla de una empalizada para que los hambrientos tigres no le asaltasen en la oscuridad de la noche. Ninguna voz humana llegaba hasta aquel lugar para turbar su espíritu; tranquilos pasaban los días como el agua del río, que manaba siempre nueva de una misteriosa fuente.

Solamente los pájaros acudían allí sin temor a aquel hombre tranquilo, y pronto comenzaron a construir sus nidos en el techo de la choza. El les ofrecía simientes de las grandes flores y de los dulces frutos. Pronto saltaron confiados sobre sus manos, revoloteaban en torno de las palmas cuando los llamaba, y se dejaban acariciar.

Una vez encontró Virata en el bosque a un joven mono que se había roto una pierna y yacía en el suelo lanzando gritos como un chiquillo.

Le llevó a su choza y le atendió cuidadosamente y, una vez curado, el mono no se apartó de él y le sirvió como un esclavo.

Virata era benigno con todos los animales, pero sabía que también los animales ejercen el poder y la maldad como los hombres. Veía cómo los cocodrilos se mordían unos a otros y se perseguían con furor; cómo los pájaros cazadores hundían sus afilados picos en el río y ensartaban cruelmente las pequeñas culebras. La ininterrumpida cadena de la destrucción que la enemiga diosa había enroscado en torno del mundo aparecía ante sus ojos, imponía su derecho, y contra ella nada podía la sabiduría.

Durante un año, durante muchas lunas, no vió jamás a un hombre.

Una vez aconteció que un cazador, que seguía el rastro de un elefante, llegó hasta el otro lado del río.

Entonces aquel cazador pudo contemplar un espectáculo insospechado: Envuelto en el amarillo resplandor de la tarde, se hallaba sentado, ante una pequeña choza, un anciano de larga barba blanca. Los pájaros se posaban pacíficamente en sus cabellos; y un mono, lanzando alegres chillidos, llevaba bayas y nueces junto a sus pies. Aquel hombre elevó la mirada hacia la copa de los árboles, allí donde los papagayos azules dejaban oír su gritería, alzó una mano y una nube azul de pájaros fue a posarse inmediatamente sobre ella.

El cazador creyó entonces que se hallaba ante la visión de un santo, tal como se describen esas visiones: *Los animales hablan con él en el lenguaje de los hombres, y las flores se abren en la huella de sus pasos. Puede encender las estrellas con el soplo de sus labios y hacer resplandecer la Luna con el aliento de su boca.*

Y el cazador abandonó su caza y regresó corriendo a la ciudad para referir la aparición.

Al día siguiente se había difundido ya la noticia por toda la orilla opuesta del río; todos corrieron para contemplar la maravilla, hasta que uno de ellos reconoció a Virata, a aquel que había abandonado su patria, su casa y sus tierras, para vivir una vida de pureza.

Pronto llegó la noticia hasta el rey, que no había olvidado a aquel súbdito leal. Mandó inmediatamente que fuese armada una barca con sus mejores remeros. La barca remontó rápidamente la corriente del río hasta el lugar donde se hallaba la choza de Virata y, acercándose entonces a la orilla, los remeros tendieron sobre el suelo una amplia alfombra bajo los pies del rey, hasta donde se hallaba el anciano.

Hacía un año y seis lunas que Virata no había oído la voz de los hombres. Quedó espantado y sorprendido a la vista de su visitante, olvidando la reverencia de los vasallos.

—Bien venido seas, rey mío.

El rey le dijo entonces:

—Hace años que te permití que siguieses tu camino según tu voluntad.

Ahora he venido para contemplar cómo vive un justo y aprender con su ejemplo.

Virata hizo una profunda inclinación y respondió:

—Mi único deseo es vivir apartado de los hombres y permanecer limpio de toda culpa. Solamente la soledad puede aleccionarnos. No sé si es sabiduría lo que hago, sólo sé que siento una gran felicidad. No tengo nada que aconsejar ni nada que aprender. La sabiduría del solitario es muy distinta de la sabiduría del mundo. El estado de contemplación es muy distinto del estado de acción.

—Pero solamente el contemplar cómo vive un justo es una lección —respondió el rey—. Con sólo contemplar tu mirada me siento lleno de bienestar y de paz. No quiero turbar más tu tranquilidad.

Virata se inclinó profundamente otra vez. Y el rey le dijo entonces:

—¿Puedo satisfacer alguno de tus deseos en mi Imperio? ¿Quieres que lleve alguna palabra a los tuyos?

—Ya no hay nada mío, mi rey, sobre esta Tierra. He olvidado ya que en otro tiempo tenía una casa entre las otras casas y unos hijos entre los otros hijos. El que no tiene patria, tiene el mundo; el que lo ha abandonado todo, tiene el más grande de los bienes; el que vive sin culpa, tiene la paz. No tengo ningún deseo; solamente quiero permanecer sin culpa sobre la Tierra.

—Entonces acuérdate de mí en tus plegarias.

—Doy gracias a Dios y también a ti y a todos los de esta tierra, pues ellos son una parte de Dios y de su espíritu.

Virata hizo una reverencia. La barca del rey se alejó llevada por la corriente, y durante muchas lunas el solitario no volvió a oír la voz de los hombres.

Capítulo IX

Una vez más la fama de Virata extendió sus alas y voló como un halcón blanco sobre la tierra. Hasta los más alejados pueblos y las más apartadas chozas de los pescadores llegó la fama de aquel que había abandonado su casa y sus bienes para vivir la verdadera vida de devoción, y los hombres dieron a aquel ser temeroso de Dios los cuatro nombres de la Virtud: le llamaron *Estrella de la Soledad.*

Los sacerdotes glorificaban sus palabras en el templo y el rey le alababa ante sus servidores. Cuando algún caballero quería dictar alguna sentencia, comenzaba diciendo: *Pueda ser mi palabra como la de Virata, que vive en Dios y conoce toda sabiduría.*

Y aconteció más de una vez, al correr de los años, que algún hombre que había llevado una vida de injusticias y comprendía de pronto lo torcido de su existencia, abandonaba la casa y la patria y, repartiendo todos sus bienes, se marchaba al bosque para vivir allí apartado del mundo en una miserable choza. El ejemplo es lo que liga más sobre la Tierra, lo que ata más a los hombres. Cada uno de esos hombres que querían llevar una vida de justos, despertaba en otros el deseo de imitarle. Estos convertidos querían llenar su vida que había estado vacía, purificar sus manos que estaban teñidas en sangre, limpiar de culpa sus almas. Por eso se iban al apartamiento, para vivir en una choza, con el cuerpo desnudo por la pobreza, sumidos en la devoción. Si se encontraban entre ellos, al ir a buscar frutos para alimentarse, no se decían palabra alguna, no entablaban entre ellos ninguna amistad, pero sus ojos sonreían alegremente y sus espíritus eran mensajeros de paz.

El pueblo conocía aquel bosque con el nombre de *El Bosque de los Cenobitas*, y, ningún cazador perseguía hasta allí su caza para no turbar la tranquilidad y manchar con sangre aquel lugar santo.

Una mañana en que Virata se dirigía al bosque, vió que uno de aquellos anacoretas se hallaba inmóvil, tendido sobre la tierra. Se acercó a él y, al moverle para prestarle auxilio, vió que estaba muerto. Virata cerró los ojos al cadáver y rezó una plegaria, intentando luego arrastrar aquel cuerpo muerto hasta la espesura del bosque con objeto de darle sepultura bajo un montón de piedras, para que así el alma de aquel hermano pudiese entrar tranquila en el mundo de la transmigración.

Pero la carga era demasiado pesada para sus brazos, debilitados a causa de la parca alimentación. Entonces Virata vadeó el río y fue a buscar ayuda al pueblo más cercano.

Cuando los habitantes del pueblo vieron llegar a aquel solitario y reconocieron en él a la *Estrella de la Soledad*, acudieron todos para rendirle tributo de respeto y atender a lo que deseaba.

Al paso de Virata, las mujeres se inclinaban ante él y los niños le miraban inmóviles, llenos de sorpresa. Algunos hombres salieron apresuradamente de sus casas para besar la veste del visitante y recibir su bendición.

Virata avanzó sonriendo entre aquella ola de gente, y comprendía que un amor limpio y profundo había nacido en él hacia los hombres desde que no estaba ligado a ellos.

Cuando pasaba por delante de la última casa del pueblo, rodeado de la multitud que le expresaba su devoción, vió clavados en él los ojos de una mujer que le miraban llenos de odio. Virata se estremeció de espanto, pues había olvidado ya, a través de los años, los ojos llenos de terror de su hermano muerto.

Virata volvió el rostro, pues, en la soledad, su espíritu se había desacostumbrado a toda mirada enemiga. Luego pensó que era muy posible que sus propios ojos hubiesen sufrido un error. Pero la mirada estaba allí, profundamente negra, llena de rencor, clavada en él.

Una vez dominada su inquietud, Virata se encaminó hacia la casa en cuyo umbral aquella mujer le miraba como enemigo, y él se sintió entonces dominado por aquellos ojos que parecían los ojos de un tigre agazapado inmóvil en la espesura.

Y Virata se preguntó entonces: ¿Cómo es posible que esta mujer tenga algo que reprocharme, manifieste tanto odio contra mí, si no la he visto nunca? Seguramente debe de estar equivocada.

Con paso tranquilo se dirigió a la casa y golpeó la puerta con la mano. En la oscuridad de la entrada sintió la presencia de aquella mujer desconocida. Virata se inclinó humildemente como un mendigo.

Entonces la mujer avanzó hacia él con su obscura y turbia mirada de ira.

—¿Qué vienes a buscar aquí? —preguntó.

Virata miró atentamente el rostro de la mujer y en su corazón renació la tranquilidad, pues entonces estuvo seguro de que no la había visto nunca. Ella era muy joven y él hacía ya muchos años que se había apartado del camino de los hombres. Jamás había podido cruzarse con ella en el sendero de la vida y nada, por lo tanto, había podido hacer contra ella.

—Quería darte el saludo de paz, mujer —respondió Virata—. Y preguntarte por qué causa me miras con odio. ¿Qué tienes contra mí? ¿He podido hacer algo que te haya ofendido?

—¿Qué me has hecho? —Y los labios de la mujer se abrieron con una sonrisa malvada—. ¿Qué me has hecho? Nada, no me has hecho nada: has convertido la abundancia de mi casa en miseria, me has robado el amor y has hundido mi vida en la muerte. Vete, que no vuelva a ver tu rostro;

márchate, mi odio no podría contenerse por más tiempo.

Virata la contempló suspenso. Tan terrible era aquella mirada, que le pareció la mirada de la locura. Se apartó humildemente y le dijo:

—Yo no soy quien tú crees. Vivo apartado de los hombres y no llevo sobre mí la culpa de haber torcido ningún destino humano. Tus ojos se equivocan.

—Te conozco perfectamente, te conozco como todos los demás; eres Virata, aquel que es conocido con el sobrenombre de *Estrella de la Soledad*, aquel a quien glorifican con los cuatro nombres de la Virtud.

Pero mis labios no te glorificarán jamás; mi boca clamará ante el Supremo Juez de los hombres hasta que se te haya hecho justicia. Acércate y contempla lo que has hecho conmigo.

Entonces aquella mujer cogió al sorprendido Virata y la empujó dentro de la casa, abrió una puerta y le hizo entrar en una habitación pequeña y obscura. Y llevándole hasta el rincón le hizo contemplar algo que yacía inmóvil sobre una estera. Virata se inclinó y se apartó rápidamente con un gesto de sorpresa. Allí, en el suelo. yacía el cadáver de un niño y los ojos de aquel inocente muerto le miraron con aquella mirada lamentable con que en otro tiempo le miraron los ojos de su hermano.

Junto a él, la mujer sollozaba dolorosamente.

—Es el tercero, el último nacido en mi seno, y también tú le has asesinado, tú, a quien llaman el santo y el servidor de Dios.

Y cuando Virata intentó rechazar aquellas acusaciones, la mujer le empujó hacia otro lugar y le dijo:

—Mira aquí el telar, el telar vacío. Aquí trabajaba Paratika, mi marido, durante todo el día, tejiendo lino blanco, y no había mejor tejedor en la comarca. Desde muy lejos venían a encargarle trabajo, y con el trabajo atendíamos a nuestra subsistencia; tranquilos eran nuestros días, pues Paratika era un hombre bueno y un trabajador incansable. Evitaba siempre las malas compañías y educábamos a nuestros hijos esperando que cuando serían hombres seguirían su ejemplo de bondad y de trabajo. Un día se enteró él por un cazador (Dios debía haber permitido que este extranjero no llegase jamás a nuestra casa) que un hombre había abandonado su país, su casa y sus bienes, y apartándose de las cosas mundanas se había ido a vivir en la soledad, en una choza construida por sus propias manos. Desde aquel momento Paratika cayó en una profunda meditación, de cada vez se mostraba más preocupado y pasaba días enteros sin pronunciar una sola palabra. Hasta que una noche me desperté y vi que ya no estaba a mi lado. Se había ido al bosque que es conocido con el nombre de *El Bosque de los Cenobitas,* ese lugar donde tú moras para vivir en la soledad, junto a Dios, olvidándonos a nosotros y olvidándose de que vivíamos de su trabajo.

La pobreza entró entonces en nuestra casa; los hijos no tuvieron pan; primero murió uno, luego otro y hoy el último yace también muerto por tu culpa, pues tú le has matado. Para que tú estés más cerca de la presencia de Dios, tres hijos de mis entrañas han sido enterrados en la dura tierra. ¿Cómo puedes tú reparar esto? ¿Cómo no he de clamar contra ti ante el Supremo Juez de los muertos, si has roto tú sus vidas arrojándolas al sufrimiento con la misma indiferencia con que arrojas las migas de tu pan a los pájaros? ¿Cómo puedes tú redimirte de ser la causa de que un hombre justo abandonare su trabajo con el cual alimentaba a sus inocentes hijos?

Virata había palidecido, los labios le temblaban.

—Yo no sabía esto; yo no sabía que hiciese daño a los demás. Creía vivir solitario.

—¿Dónde está, pues, tu sabiduría, sabio, si no sabías eso, que ya saben los niños, que aquel que se aparta de sus deberes cae en culpa? Tú no has sido más que un egoísta; solamente pensabas en ti mismo y no en los demás; lo que era dulce para ti, ha sido para mí amargo; lo que era para ti tu vida, ha sido para mis hijos la muerte.

Virata permaneció un momento pensativo. Luego dijo, humildemente:

—Dices la verdad. Siempre hay en el dolor más sabiduría y verdad que en toda la filosofía. Todo lo que sé lo he aprendido junto a los desgraciados, y todo lo que he podido ver con la mirada que penetra en las profundidades ha sido con los ojos del hermano eterno. No he sido un hombre humilde ante Dios, como creía; he estado siempre lleno de orgullo, he podido comprender esto a través de sufrimientos que jamás había experimentado. Perdóname, pues yo no comprendía mi parte de culpa en tu desgracia e ignoraba que hubiese influido en el destino de algunos de mis semejantes. El abstenerse de obrar es realizar también un acto del cual uno puede hacerse culpable sobre la Tierra. El solitario vive, a pesar de estar solo, con sus hermanos. Perdóname, mujer. Iré al bosque en busca de Paratika para que renazca en vuestra casa la vida como en el pasado.

Virata se inclinó y besó humildemente el borde del vestido de la mujer. Esta sintió desaparecer todo su odio y con ojos sorprendidos contempló cómo se alejaba el solitario.

Capítulo X

Virata regresó a su choza y durante toda la noche contempló la blanca maravilla de las estrellas encendidas en la profundidad del cielo. Llegó la aurora borrando las luces estelares y, como siempre, Virata llamó a los pájaros para darles de comer. Luego cogió el cayado y regresó a la ciudad.

Apenas difundida la noticia de que el santo había abandonado su soledad y se hallaba de nuevo entre los hombres, el pueblo se lanzó a las calles para contemplarle. Algunos se sintieron llenos de temor creyendo que su aparición podría ser presagio de alguna desgracia. A través de la respetuosa ola de la muchedumbre, avanzaba Virata con una dulce sonrisa en los labios y humildemente saludaba a los hombres; pero por primera vez en su vida no pudo evitar que su mirada fuese severa. No pronunciaba palabra alguna.

De esta manera llegó hasta el palacio del rey. Había pasado ya la hora del consejo y el rey estaba solo. Virata compareció ante el monarca, y éste, al verle, abrió los brazos para estrecharle contra sí. Pero Virata se inclinó hasta tocar con la frente en el suelo y besó el borde de la veste del rey en señal de que quería hacerle una petición.

—Antes de que tus palabras formulen lo que quieres pedirme, ya lo tienes concedido —dijo el rey—. Es una honra para mí el tener poder para servir a un hombre prudente y ayudar a un sabio.

—No me des estos nombres —respondió Virata—, pues mi camino no ha sido nunca recto. Tú me desligaste de la obligación de servirte y viví como un mendigo lejos de tu puerta. Quise liberarme de mis culpas y de la responsabilidad de la acción, salir de la red de las cosas mundanas, de esa red que ha sido tejida por los dioses.

—Me es difícil comprender lo que dices —respondió el rey—. ¿Cómo puedes haber procedido mal y caer en la culpa viviendo cerca de Dios?

—He ignorado todo lo malo que había. He ignorado que nuestros pies están hundidos en la tierra y que nuestros actos deben ceñirse a la eterna ley. También el dejar de actuar es obrar.

No podía apartar de mí la mirada de los ojos del hermano eterno, esas miradas eternas que nos hacen buenos o malos contra nuestra voluntad. Por muchas razones soy culpable, pues me acercaba a Dios y me apartaba de servirle en la vida. Era un egoísta, pues me preocupaba tan sólo de alimentar mi vida sin servir a la de los demás. Quiero, pues, volver a servirte.

—No comprendo, Virata, tus palabras. Dime cuáles son tus deseos para que pueda satisfacerlos.

—Ya no quiero que mi voluntad quede libre. El que se figura estar libre no tiene ninguna libertad; el que huye de la acción no huye de la culpa.

Solamente el que sirve a otros tiene libertad; es libre tan sólo el que entrega su voluntad a los demás y pone su fuerza al servicio de una obra sin preguntar nada. Solamente la mitad de lo que hacemos es obra nuestra: el principio y el fin pertenecen a los dioses. Libérame de mi voluntad, pues toda voluntad es confusión y toda obediencia es sabiduría.

—No te comprendo. Me pides que te haga libre y me pides que te ponga a mi servicio. Libres son los que mandan a los demás, pero no aquellos que tienen que obedecer. No te comprendo.

—Es natural que tu corazón no pueda comprender esto, rey mío. ¿Cómo podrías ser rey si lo comprendieses?

Los ojos del monarca se obscurecieron llenos de ira.

—¿Cómo puedes decir que el poderoso es tan poca cosa ante Dios como el vasallo?

—No hay nadie grande ni pequeño ante Dios. Solamente quien sirve y somete su voluntad sin preguntar nada puede arrojar su culpa y acercarse a Dios. Quien cree y piensa que es capaz de sojuzgar el mal con su sabiduría, cae en la culpa.

El rey miró a Virata con severo rostro.

—Entonces, ¿todos los servicios son iguales? ¿Tienen todos la misma importancia ante Dios y ante los hombres?

—Es muy posible, rey mío, que algunos aparezcan como muy altos a los ojos de los hombres. Pero a los ojos de Dios no existen diferencias.

El rey miró fijamente a Virata durante largo tiempo. El orgullo se rebelaba. Pero luego se aplacó contemplando los blancos cabellos que caían sobre la arrugada frente del anciano que le hablaba, y pensó que con el tiempo aquel hombre se había vuelto otra vez un niño. Entonces le dijo, irónicamente, para probarle:

—¿Quieres ser el guardián de los perros de mi palacio?

Virata inclinó su frente y besó humildemente el suelo en señal de agradecimiento.

Capítulo XI

Desde aquel día, el anciano que había sido conocido en todo el país con los cuatro nombres de la Virtud, fue guardián de los perros del palacio del rey y vivió confundido con los esclavos.

Sus hijos se avergonzaron de él y procuraron cobardemente aislar a los suyos para que no tuviesen que avergonzarse de su sangre delante de los demás. Los sacerdotes le consideraron como un hombre indigno y el pueblo se mostró sorprendido, solamente durante algunos días, de que aquel anciano que en otro tiempo había sido el primer personaje del Imperio fuese ahora el criado de una jauría de perros. Pero él parecía no preocuparse de esto y muy pronto todos le olvidaron. Virata cumplió fielmente su servicio desde la primera claridad de la mañana hasta el último resplandor de la tarde. Cuidaba a los animales, rascaba su sarna, les llevaba la comida, arreglaba sus yácijas y apaciguaba sus peleas. Pronto los perros le mostraron gran fidelidad y amor y esto le llenaba de alegría. Su anciana boca, que antes había hablado a los hombres, estaba ahora llena de sonrisas, y aquella vida tranquila le colmaba de felicidad.

La muerte se llevó al rey y otro rey vino. Este ya no le conocía. Una vez ladró un perro al paso del monarca, y entonces éste, furioso, golpeó al anciano con su bastón.

Los demás hombres se habían olvidado también de la pasada vida de Virata.

Vino un día en que la ancianidad de Virata llegó a su término, y murió en el establo de los esclavos sin que nadie en el pueblo se acordase que aquel hombre había sido glorificado con los cuatro nombres de la Virtud.

Sus hijos se apresuraron a enterrarle y ningún sacerdote cantó la plegaria de los muertos ante su cadáver.

Los perros aullaron durante dos días y dos noches; luego se olvidaron también de Virata, cuyo nombre no está escrito en las crónicas ni consignado en los libros de los sabios.

Made in the USA
Middletown, DE
20 May 2021